ELENA OF AVALOR

UN DÍA PARA RECORDAR

Adaptación de **Tom Rogers**

Basado en el episodio de **Silvia Olivas** de la serie creada por **Craig Gerber**

Ilustrado por **Premise Entertainment** y **Disney Storybook Art Team**

 PRESS

Los Ángeles • Nueva York

SUSTAINABLE FORESTRY INITIATIVE
Certified Sourcing
www.sfiprogram.org
SFI-01415

Aquí viene una calabaza gigante –dice Elena cuando entra en la cocina del palacio con una enorme calabaza. La abuela de Elena está ocupada horneando deliciosos dulces para la celebración del Día de los Muertos. El Día de los Muertos es uno de los festejos favoritos de Elena.

–Hoy celebramos a todos los familiares que ya no están con nosotros –dice–. ¡Es como si hiciéramos una fiesta y todos nuestros seres queridos estuvieran invitados!

En el Día de los Muertos en Avalor, todos se disfrazan y van al cementerio a poner altares para sus antepasados. Es un festival alegre para toda la familia, tanto para los que ya no están como para quienes siguen vivos para recordarlos.

Este año, Elena y su familia van a poner un altar para dar la bienvenida a los espíritus de sus padres. Lo van a decorar con flores, fotos y la comida favorita de sus padres.

La familia ya está lista para irse al cementerio, pero Isabel todavía no se ha vestido.

–Hum, mi traje se rompió –le dice Isabel a su hermana.

Elena le ofrece ayuda para coserlo, pero Isabel le dice que lo hará ella sola y que alcanzará a la familia en el cementerio más tarde.

En el cementerio, Elena pone el altar con toda la comida especial.

—Pero, ¿dónde está el pan dulce? —pregunta.

—¿Era para el altar? ¡Yo creí que era un bocadillo para mí! —le responde su abuelo encogiéndose de hombros.

Elena se ríe y regresa a buscar más pan dulce.

Cuando Elena camina por el cementerio,
¡ve a los espíritus de sus antepasados!
Confundida, hace venir a Zuzo, su amigo
que es el espíritu de un zorro.

    —¡Puedo ver fantasmas! —le dice.

    Zuzo le recuerda a Elena que ella tiene
magia en su interior, por lo que puede ver a
los espíritus en este día tan especial.

Tan pronto como Zuzo se marcha, otro espíritu se aparece para pedirle ayuda a Elena. Es Doña Angélica. Sus nietos están discutiendo y a ella le preocupa que sus familiares se distancien unos de otros.

Elena no está segura de cómo puede ayudarla, pero en este día especial, tiene que intentarlo.

Va a visitar a los nietos de Doña Angélica, Julio y Carmen, que han estado peleándose por el restaurante de la familia. El restaurante era el orgullo de Doña Angélica, pero ahora, el lugar siempre está vacío. Julio quiere venderlo, pero Carmen cree que su creatividad en la cocina puede salvarlo.

Carmen le sirve a la princesa su creación más reciente: una tostada de langostino. ¡Elena trata de no gritar cuando se da cuenta de que la comida la está mirando!

—Tal vez Carmen debería tratar de cocinar como lo hacía *usted* —le susurra Elena a Doña Angélica.

—Eh… ¿con quién habla, Su Majestad? —le pregunta Julio.

–Es posible que les parezca extraño –explica Elena–, pero estoy
hablando con el espíritu de su abuela. ¡Puedo ver fantasmas!

–¿Abuelita? –exclama Carmen.

Elena asiente.

–Quiere ayudarles a salvar el restaurante.

Pero Carmen le dice que sin el recetario secreto de su abuelita,
no puede preparar los platos que tanto les gustaban a todos.

—¡Olvidé decirles que lo oculté en un recoveco de la cocina! —exclama Doña Angélica.
Cuando Elena encuentra el recetario, ¡Carmen se pone feliz! Pero Julio dice que quiere vender el restaurante *y también* el recetario, ¡para ganar aún más dinero! Julio y Carmen comienzan a tirar cada uno del libro…

hasta que sale volando y cae al horno, ¡donde se quema sin remedio! Ahora Julio y
Carmen están furiosos el uno con el otro, ¡y no quieren volver a hablarse nunca!

—Quería salvar mi restaurante —dice Doña Angélica—, pero terminé por perder a
mi familia —con tristeza, comienza a alejarse flotando.

–¡Espere, Doña Angélica! –la llama Elena–. Creo que sé cómo solucionar este problema. ¡Carmen y usted van a cocinar juntas!

Por fortuna, Doña Angélica se sabe sus recetas de memoria, así que le dice cada paso a Elena, y ella a su vez se lo repite a Carmen.

–Es como si mi abuelita estuviera aquí –dice Carmen, y se siente llena de esperanza.

–Es porque aquí está –le asegura Elena con una sonrisa.

Y con la ayuda de su abuela, Carmen crea una deliciosa paella.

Carmen le da a probar a Julio.

–¡Es la receta de abuelita! Ella nos dijo cómo hacerla –explica Carmen–. ¡Y ahora tengo todas sus recetas!

Por fin, Julio vuelve a creer en el futuro del restaurante.

–¡No tenemos que venderlo! –dice.

Doña Angélica se siente muy feliz al escucharlo, pero está más contenta de ver que sus nietos se llevan bien otra vez.

Ahora que Elena ha cumplido con su misión, es hora de que regrese con su propia familia. Antes que se marche, Carmen le da un poco de pan dulce para que lo ponga en el altar de sus padres.

–No te preocupes. Es la receta de mi abuelita –le dice con una sonrisa.

Elena le da las gracias y se dirige al palacio a buscar a Isabel.

Cuando Elena encuentra a Isabel en su habitación, se da cuenta de que algo anda mal.

–Te estás perdiendo la celebración –dice y le da a Isabel un pan dulce.

–Es casi tan bueno como el que hacía mami –dice Isabel tras darle una mordida. Luego pone cara de tristeza.

–Extraño a mami y a papi.

–Yo también –le asegura Elena–. Es por eso que celebramos cada año. Si mantenemos vivo su recuerdo, es como si siempre estuvieran con nosotros.

Isabel se anima.

–Jamás lo pensé de esa manera.

Elena le recuerda a Isabel que su madre solía leerles cuentos a la hora de irse a dormir, mientras su padre los actuaba.

—¡Saltaba sobre la cama para que el colchón se sacudiera como un barco en medio de una tormenta!

—¡Niña al agua! —se ríe Isabel.

Cuando dejan de reír, Isabel le muestra a Elena un dibujo que hizo de sus padres.
–Les hubiera encantado –asegura Elena con suavidad–. Deberíamos ponerlo en el altar.
Isabel se pone su traje.
–¡Espero que lleguemos a tiempo!

En el cementerio, Isabel coloca el dibujo de sus padres en el lugar de honor del altar de la familia, al lado del pan dulce y otros dulces.

—Elena —susurra Isabel—. Siento que mami y papi están aquí con nosotras. ¿No te parece extraño?

–No, para nada –responde Elena en voz baja–. Yo *sé* que están aquí.